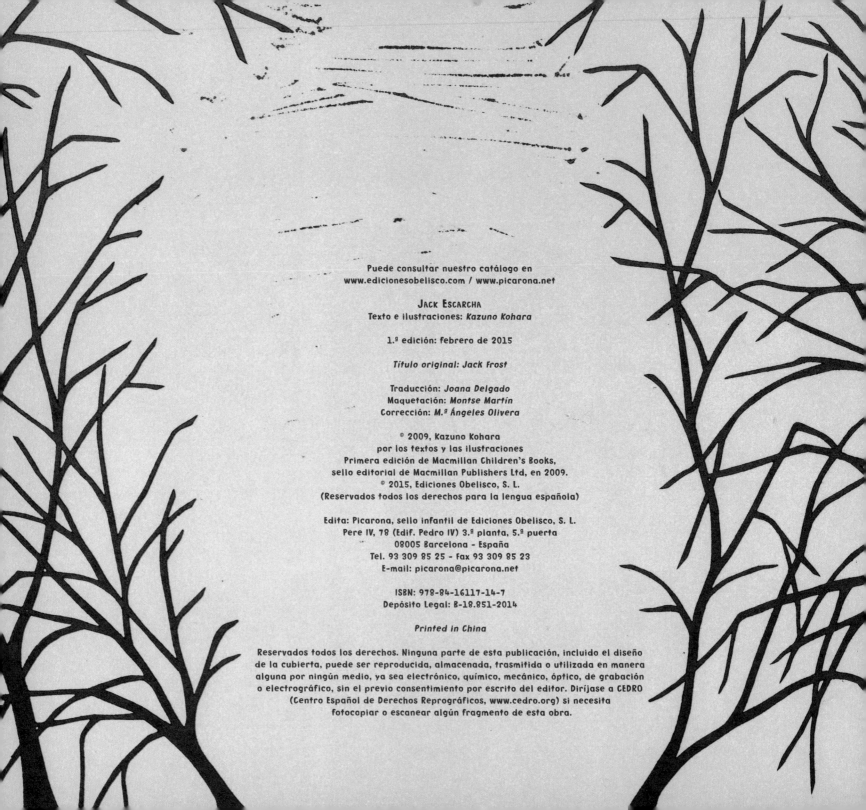

Puede consultar nuestro catálogo en
www.edicionesobelisco.com / www.picarona.net

JACK ESCARCHA
Texto e ilustraciones: *Kazuno Kohara*

1.ª edición: febrero de 2015

Título original: Jack Frost

Traducción: *Joana Delgado*
Maquetación: *Montse Martín*
Corrección: *M.ª Ángeles Olivera*

© 2009, Kazuno Kohara
por los textos y las ilustraciones
Primera edición de Macmillan Children's Books,
sello editorial de Macmillan Publishers Ltd, en 2009.
© 2015, Ediciones Obelisco, S. L.
(Reservados todos los derechos para la lengua española)

Edita: Picarona, sello infantil de Ediciones Obelisco, S. L.
Pere IV, 78 (Edif. Pedro IV) 3.ª planta, 5.ª puerta
08005 Barcelona - España
Tel. 93 309 85 25 - Fax 93 309 85 23
E-mail: picarona@picarona.net

ISBN: 978-84-16117-14-7
Depósito Legal: B-18.851-2014

Printed in China

Kazuno Kohara

JACK ESCARCHA

Picarona

Había una vez un niño que vivía en una casa en medio del bosque. Era invierno y todos sus amigos estaban hibernando.

—¡Odio el invierno! —suspiró.

Pero, una fría mañana…

...a través de la ventana
vio una extraña figura.

El niño salió corriendo al exterior y vio una figura blanca
que estaba cubriendo toda su casa de hielo y escarcha.

—¿Quién eres tú? –le preguntó.

—Soy Jack Escarcha –contestó la figura.

Y luego se fue corriendo hacia el bosque.

—¡Espera! —le gritó el niño, y salió corriendo detrás de él.

—¡No podrás pillarme! –se echó a reír Jack Escarcha–. ¡No puedes saltar el estanque!

Pero el niño tenía unos patines.

—¡No podrás pillarme!
-le gritó Jack Escarcha-.
¡No puedes saltar
la montaña!

Pero el niño tenía un trineo.

Jack le tiró al muchachito una bola de nieve.
Y él le tiró otra.

—¿Te quieres quedar aquí y jugar conmigo?
—¡Vale! –contestó sonriente–, pero nunca hables
delante de mí de nada que recuerde el calor...

...nada que pueda romper el hechizo y me obligue a marcharme. Y ahora podemos hacer muchas cosas juntos.

—Ya lo sé —dijo el niño.

—¡Vamos a hacer unos cuantos muñecos de nieve!

Hicieron tres muñecos,
así no se sentirían solos.

Durante todo el invierno,
el niño tuvo mucho cuidado
de no hablar de nada
que recordara el calor.

Hasta que un día...

...estaban en el bosque jugando
al escondite y el niño encontró
algo en la nieve.

Era una campanilla de invierno.
—¡Mira, Jack! –dijo el niño–.
¡Ya casi es primavera...!

Pero Jack ya
se había ido.
El hechizo se había roto.

Mecida por el viento que corría entre los árboles, el niño oyó una voz susurrante que decía:

«¡Nos veremos el próximo invierno!».